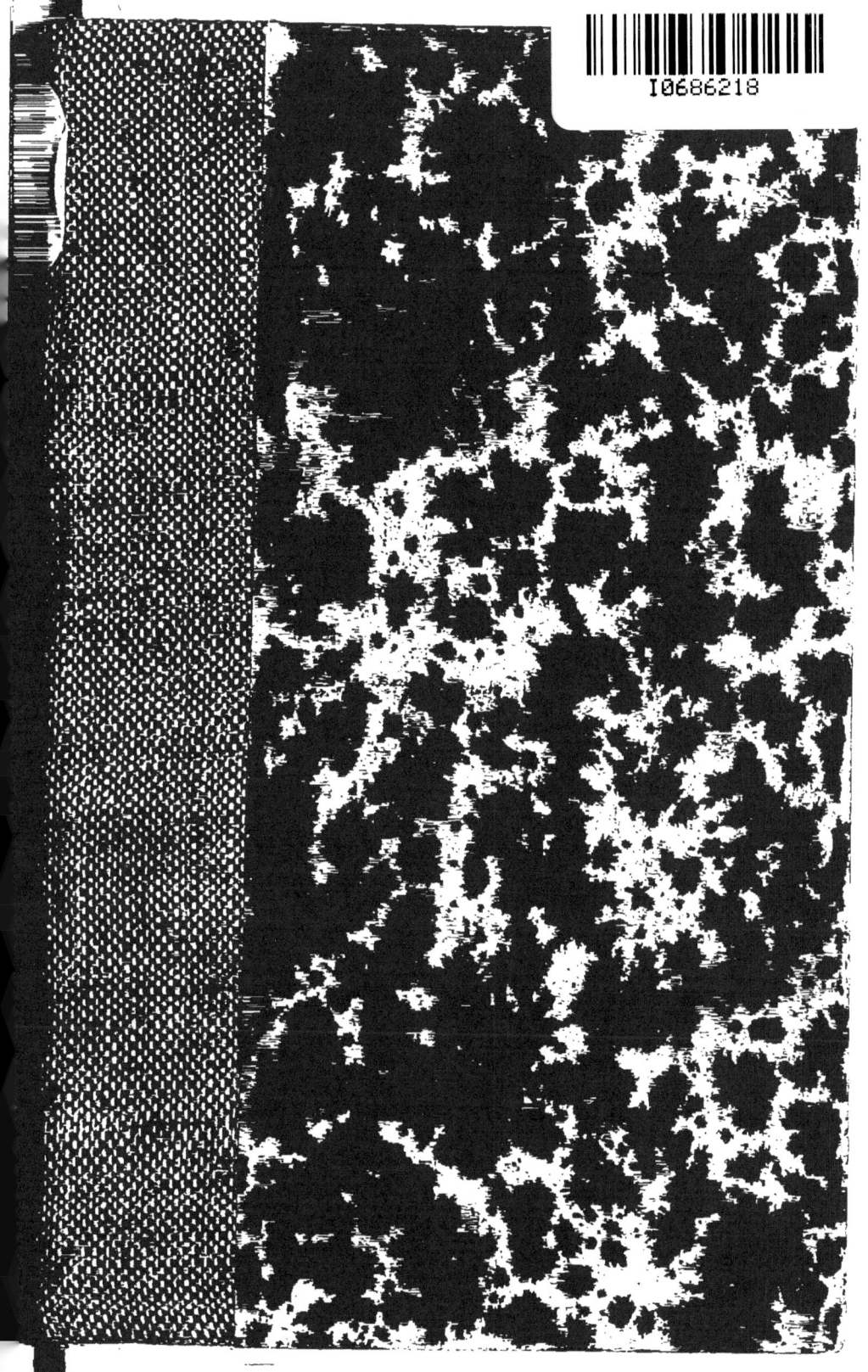

I0686218

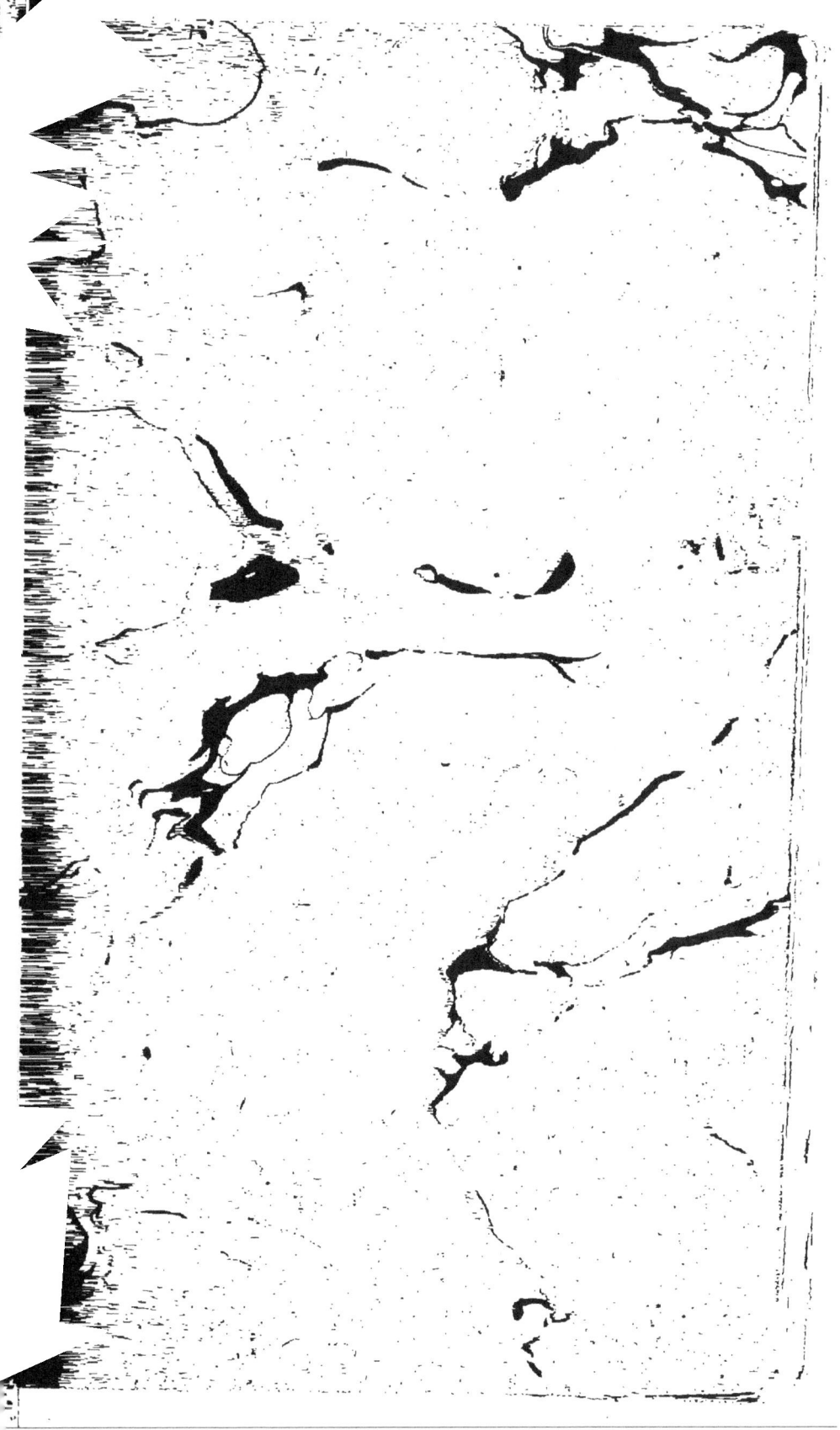

NOËL

5e SÉRIE IN-18.

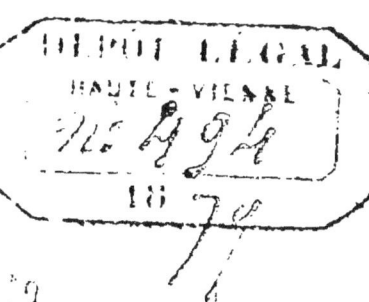

Noël reprit son travail et jeta ses filets.   (P. 26.)

NOËL

OU

L'ENFANT TROUVÉ

PAR

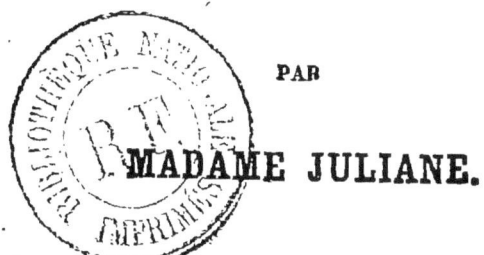

MADAME JULIANE.

LIMOGES

EUGÈNE ARDANT ET Cie, ÉDITEURS.

Propriété des Éditeurs,

NOTA.

Cet Ouvrage a été approuvé par la Commission des Bibliothèques scolaires et des Livres de Prix.

NOËL.

—

I. — L'enfant trouvé.

Le vent soufflait avec violence, et faisait courber la tête des sapins rabougris qui étaient poussés au milieu des bruyères, dans les landes de la Bretagne. De gros nuages noirs passaient avec rapidité, et, interceptant la clarté de la lune, plongeaient la campagne dans une profonde obscurité. Il faisait grand froid, et de temps en temps des tourbillons de neige voltigeaient dans l'air. La campagne était déserte; une femme seule, enveloppée d'une cape de gros drap gris, et montée sur un âne, suivait le chemin qui conduit de la route au petit village de B..., situé sur les bords de la mer, à trois lieues de Nantes. Elle frissonnait de froid et de crainte; son imagination, frappée des récits que le jour même elle avait entendus à la ville, lui faisait voir dans l'ombre des arbres, des fantômes étendant les bras et cherchant à saisir une proie; dans le bruissement des bruyères que le vent agitait, elle croyait distinguer des plaintes et des sanglots. C'était le 24 décembre 1793. Marie-Anne avait appris les horreurs et les cruautés qui se commettaient. Elle n'était pas peureuse, et pourtant ce soir-là elle avait peur, car elle pensait qu'à cette heure-là, sans doute, où autrefois on se préparait joyeusement à célébrer la fête de Noël, de nombreuses victimes désignées par l'infâme Carrier se préparaient à la mort, car la nuit même les eaux de la Loire allaient devenir leur tombeau.

Marie-Anne avait tiré son rosaire de sa poche, et elle l'égrainait doucement; elle priait pour les âmes de ces infortunés, mais son esprit l'égarait souvent, et si son cœur priait, si ses lèvres murmuraient les *Ave Maria,* sa pensée était distraite. Elle avait froid, elle ramena le capuchon de son manteau sur sa tête; à ce moment elle approchait d'un antique calvaire élevé au milieu de la lande, par la piété des fidèles, et que les révolutionnaires n'avaient point détruit parce qu'ils ignoraient son existence Elle arrêta sa docile monture, et mettan pied à terre, elle s'agenouilla sur la terre durcie et récita un *De profundis.*

Elle allait se relever après s'être signée dévotement, quand une légère plainte qui semblait venir du pied de la croix la fit tressaillir. D'un bond elle fut rendue près de son âne, elle allait remontei dessus pour s'éloigner, quand une réflexion l'arrêta : C'est peut-être quelqu'un qui souffre dit-elle ; et revenant sur ses pas, elle prêta l'oreille, mais n'entendit plus rien.

— Je me suis trompée, dit-elle à demi-voix, c'est le vent que j'ai entendu.

Elle s'éloignait de nouveau, quand une plainte, bien distincte cette fois, l'arrêta ; elle s'avança jusqu'aux marches du calvaire, elle poussa un cri de surprise. La lune s'était dégagée des nuages qui la couvraient, et Marie-Anne venait d'apercevoir, couché au milieu de la bruyère, un charmant petit garçon qui dormait profondément ; de temps en temps un sanglot convulsif agitait son corps délicat.

La pieuse paysanne le contempla quelques instants en silence ; elle joignit les mains ; elle croyait voir devant elle le petit Enfant de la crèche.

Elle se décida à le toucher pour le réveiller, elle appuya ses lèvres sur le front de l'enfant. Il fit un mouvement et murmura doucement ce mot charmant pour une mère : « Maman. »

Marie-Anne soupira; c'est que jamais ce nom ne lui avait été donné, et elle n'espérait point avoir ce bonheur.

— C'est sans doute un enfant qui s'est égaré, pensa-t-elle; et soulevant le pauvre petit, elle l'enveloppa dans sa cape et elle ne voulut point le déposer sur le dos de son âne; elle préféra le porter jusqu'à la chaumière. Quand el'e y arriva, Yvon, son mari, était debout sur le seuil, qui l'attendait.

— Mon Dieu, Marie-Anne, dit-il, comme tu arrives tard; j'étais bien inquiet, et si j'avais su par quel chemin tu devais revenir, je serais allé au-devant de toi. Mais que portes-tu là, si précieusement, et pourquoi ta cape n'est-elle plus sur tes épaules, pour te garantir du froid ?

— Tu vas tout savoir, lui répondit sa

femme; mais auparavant conduis le baudet à l'écurie, car la pauvre bête est fatiguée.

Quand Yvon, après s'être acquitté de cette commission, rentra à la maison, il trouva sa femme assise près du feu et réchauffant le petit garçon toujours endormi.

— Marie-Anne, où as-tu pris cet enfant? dit-il en le regardant avec une curiosité mêlée d'admiration.

— C'est le bon Dieu qui me l'a donné, reprit la Bretonne; je l'ai trouvé au pied du calvaire. Et elle raconta à son mari comment le hasard ou plutôt la Providence avait permis qu'elle entendît les faibles paintes de l'enfant, en lui inspirant la pieuse pensée de prier pour les morts.

Tout en parlant elle examinait, avec son mari, la gracieuse petite créature qui commençait à s'agiter. L'enfant portait un magnifique vêtement de velours bleu, une fine dentelle entourait son cou et ses poignets ; sur ses chaussures, la coquetterie maternelle avait placé de petites bandes en or garnies de brillants. La tête de l'enfant était nue, mais une admirable chevelure blonde et bouclée lui formait la plus ravissante coiffure que l'on puisse imaginer.

— Qu'il est joli ! dit la femme du pêcheur, on dirait l'Enfant Jésus, n'est-ce pas ?

— Tu es folle, Marie-Anne, reprit son mari, le divin Enfant était encore bien plus beau que cela.

— C'est égal, celui-là est bien beau, tout de même, murmura Marie-Anne.

L'enfant ouvrit deux grands yeux bleus étonnés et répéta la même parole qu'il avait prononcée au pied de la croix.

— Maman, j'ai faim, ajouta-t-il.

— Pauvre petit, attends, je vais te donner du lait, dit Marie-Anne.

Elle voulut le déposer sur son lit, mais

il entoura son cou avec ses deux petits bras, et ne voulut pas la quitter.

— Ne le fais pas pleurer, dit Yvon, je vais en aller chercher. Et le pêcheur tira de la huche un pot de lait encore chaud, il en versa dans une tasse, et Marie-Anne fit boire le pauvre petit, dont les yeux ne tardèrent pas à se refermer. La femme du pêcheur le déshabilla, et le coucha dans un lit qui se trouvait dans une chambre près de la sienne. Quand elle l'eut bien couvert et surtout bien embrassé, elle revint s'asseoir près de son mari.

— Qu'allons-nous faire de cet enfant? dit-il ; ses parents sont sans doute dans l'inquiétude, mais comment faire pour les retrouver ; plusieurs châteaux ont été pillés et brûlés dans les environs, qui sait si ce pauve petit n'est pas orphelin et si ses parents n'ont pas été massacrés? Demain je n'irai point à la pêche, je parcourrai le pays, et je m'in-

formerai avec prudence si dans les fa-
milles nobles des environs on connaissait un enfant de l'âge de celui-là. Alors,
si ses parents sont vivants, nous le leur
rendrons ; autrement nous le garderons;
tu le veux bien, Marie-Anne ?

— En doutes-tu, Yvon ? Tu sais combien
j'aime les enfants, et combien je suis
privée de n'en point avoir.

II. — La messe de minuit.

Yvon Guidon et Marie-Anne étaient
bien pauvres des biens de la terre : une
chaumière, une barque, une vache dont
le lait les faisait vivre avec le produit de
la pêche, avec quelques brebis, c'était
leur fortune ; et pourtant ils étaient heureux, parce qu'ils étaient pieux et sa-
vaient se contenter de ce que la Providence leur avait donné. Ils étaient aimés
et estimés de tous ceux qui les connaissaient, et les pauvres connaissaient bien

le chemin qui conduisait à la chaumière,
parce que là si le pain qu'on ne leur re-
fusait jamais était bien noir et parfois
bien dur, c'était toujours accompagné
d'une douce parole; si le pauvre avait
froid, on lui offrait une place près du
foyer, il ne sortait point de la cabane
sans s'y être réchauffé. Et même quel-
quefois si la fatigue ou le mauvais temps
rendait son départ impossible, on lui
offrait avait joie le lit que le pauvre petit
enfant trouvé occupe ce soir-là.

Il était déjà tard et cependant le pêcheur et sa femme ne semblaient point
disposés à se coucher. Yvon jeta du bois
dans la cheminée, et vint prendre place
près de Marie-Anne.

— Te souviens-tu, femme, dit le pêcheur, comme autrefois dans la nuit de
Noël notre pauvre église était belle,
quand toute parée de sapins au milieu
desquels brillaient des bougies bien
blanches, dans une crèche nous allions

adorer le divin Enfant, pendant que la cloche sonnait à toute volée, et disait aux malades et à tous ceux qui n'avaient pu se rendre à l'église qu'un Sauveur nous était né. Mais aujourd'hui comme tout est triste et morne, les chemins sont déserts, les échos sont muets; il faut se cacher pour assister à la sainte messe, et il nous est défendu de faire entendre les cantiques d'allégresse.

— Ne nous plaignons point, Yvon, lui répondit sa femme, car combien dans cette grande solennité vont être privés du bonheur de la célébrer comme nous. Dans quelques heures, monsieur le recteur célébrera le saint sacrifice, et nous aurons la joie de nous agenouiller comme autrefois devant l'autel du Sauveur.

— Autel bien indigne de lui, dit tristement le pêcheur.

— Nous tâcherons, par la ferveur de nos prières, de compenser la pauvreté

et la nudité de son temple, reprit Marie-
Anne avec foi.

Quand le modeste coucou suspendu
près de la cheminée sonna onze heures,
les deux fidèles Bretons se revêtirent de
leurs habits de fête. Ils s'assurèrent que
l'enfant dormait toujours. Marie-Anne fit
le signe de la croix sur le front du petit
garçon, elle recommanda à son bon
ange de veiller sur lui pendant leur ab-
sence, puis elle ferma la porte, et sortit
avec son mari, après avoir couvert le feu
et éteint la lumière.

Ils suivirent le bord de la mer, et plusieurs fois le vent, qui n'avait point di-
minué de violence, envoya jusqu'à eux
la vague mugissante. Ils ne tardèrent pas
à gagner un sentier qui les conduisit à
une longue suite de rochers dont l'Océan
baignait le pied ; ils gravirent non sans
difficultés un escalier naturel que la na-
ture avait taillé dans la pierre, et bientôt
ils arrivèrent auprès d'une grotte dont

l'entrée était masquée par des plantes sauvages. Yvon les écarta. Marie-Anne passa la première et il la suivit; un étroit et sombre corridor les conduisit à une voûte spacieuse éclairée par une lampe. Là des hommes et des femmes à genoux priaient devant une table grossière, recouverte d'une nappe bien blanche, sur laquelle se trouvait un crucifix et des chandeliers d'argent; dans un coin écarté un prêtre vénérable recevait les aveux des péchés et absolvait les pécheurs. Yvon et Marie-Anne s'agenouillèrent à ses pieds, et eux aussi purifièrent leur âme, pour en faire la demeure du Seigneur quelques instants plus tard.

A minuit, le prêtre, revêtu des ornements sacrés, commença l'auguste sacrifice. Avec quelle foi et quelle ferveur, ces simples et naïfs paysans prièrent! avec quelle sincérité ils promirent à l'Enfant de Bethléem de mourir plutôt que de lui être infidèles.

2

La messe finie, chacun se retira en silence et avec précaution, car on craignait toujours d'être vu. Seuls Yvon et sa femme restèrent dans la grotte avec le prêtre qui, le front incliné, les mains jointes, faisait son action de grâces. Il se croyait sans doute seul, car en se relevant, quand il aperçut les deux personnes qui semblaient l'attendre, il fit un geste de surprise ; il les reconnut, alors un doux sourire remplaça l'expression inquiète de son visage.

— Vous voulez me parler? demanda-t-il.

— Oui, monsieur le recteur, répondit Yvon; c'est un conseil que nous désirons vous demander.

Le recteur lui fit signe de s'asseoir, et alors le pêcheur raconta ce qui était arrivé et ce qu'il avait l'intention de faire.

— Je vous approuve, mes chers amis, dit le prêtre, mais soyez prudents, et tâchez que l'on ne voie point ce pauvre petit; une indiscrétion pourrait causer sa perte et la vôtre. Heureusement votre chaumière est loin de toute habitation, et la route n'y conduit point les étrangers; ôtez à l'enfant ses riches vêtements, et habillez-le comme il convient au fils d'un pêcheur.

Tout en se rendant, Yvon et sa femme s'entretinrent du sujet qui les préoccupait.

— Comment le nommerons-nous? dit le pêcheur; bien certainement nous ne lui donnerons pas un de ces noms républicains que les saints du paradis n'ont jamais portés.

— Tiens, si tu veux, Yvon, reprit sa femme, nous l'appellerons Noël; ce nom nous rappellera le jour où le bon Dieu nous l'a donné.

Ce nom plut à Yvon, et il fut arrêté qu'il serait celui de l'enfant, s'il devait rester à la chaumière du pêcheur, et si l'on ne pouvait connaître son véritable nom.

Le petit garçon dormait encore, quand les deux paysans rentrèrent.

Le lendemain, à peine l'aube blanchissait-elle la cime des rochers, Yvon quitta la chaumière pour aller aux informations. Quand il fut éloigné, Marie-Anne ayant trait sa vache, émietté du pain dans une écuelle de terre commune, elle versa du lait dessus, posa le tout sur de la cendre chaude et attendit le réveil de l'enfant. Il ne tarda pas à faire quelques mouvements, ses petits bras se détirèrent, il entr'ouvrit les yeux, puis les referma; il les frotta quelques instants avec ses deux mains, puis il les ouvrit tout-à-fait; il regarda autour de lui, et se mit à pleurer.

— Ne pleure pas, pauvre petit, lui dit Marie-Anne en l'embrassant.

— Maman, disait toujours l'enfant.

— Tu la verras bientôt, lui répondit la femme du pêcheur.

L'enfant, à demi consolé par cette promesse, consentit à se laisser habiller. Marie-Anne lava son visage, peigna ses cheveux blonds qui frisaient naturellement, puis elle lui fit joindre ses petites mains et lui fit bégayer le nom de Jésus, auquel l'enfant ajouta, sans qu'elle lui eût dit, le doux nom de Marie; ensuite il porta la main droite à son front, comme pour faire le signe de la croix : sans doute une pieuse mère lui avait déjà appris à aimer Dieu. Marie-Anne émue lui aida à achever le signe du salut. Elle le fit manger, et comme il demandait toujours sa mère, pour le distraire elle le conduisit sur le rivage, où il s'amusa à ramasser des coquillages. Yvon revint le soir, exténué de lassitude, mais sans avoir rien découvert. Désormais lui et sa femme regardèrent Noël comme leur fils. Marie-Anne lui con-

fectionna des vêtements d'étoffe commune, et elle serra précieusement ceux
qu'il portait quand elle l'avait trouvé,
car elle pensait avec raison que plus
tard il n'aurait pas d'autres preuves
pour se faire reconnaître de sa famille,
s'il devait la retrouver un jour.

III. — La famille s'accroît.

Noël s'habitua bien vite aux douces
caresses de Marie-Anne et de son époux,
il eut promptement oublié sa mère, et
il donna ce nom à la femme charitable
et dévouée qui le soignait et qui le ché-
rissait. Il courait sur le sable fin de la
grève, quand il apercevait la barque
d'Yvon qui se rapprochait de la rive, ou
bien il accompagnait sa mère, quand
elle faisait paître son troupeau; il cueil-
lait les fleurs sauvages et s'amusait à les
jeter dans la mer, en leur disant naï-
vement de les porter à son père, et le

soir il demandait au pêcheur s'il rapportait les fleurs qu'il lui avait envoyées.

Noël était depuis deux ans à la chaumière quand Marie-Anne devint mère de deux jumeaux. Ainsi que son mari, elle accueillit leur naissance comme une double bénédiction du Seigneur. Le vieux curé les baptisa, et leur donna, à l'un le nom de Pierre, et à l'autre celui de Paul. Le pêcheur sentit son courage redoubler; il travailla davantage, et Noël ne s'aperçut point, aux soins et aux caresses dont il continua à être l'objet de la part d'Yvon et de sa femme, qu'il n'était point leur enfant.

La terreur commençait à diminuer; les prêtres, sans exercer ouvertement leur ministère, n'étaient plus obligés de rester aussi cachés. Celui de B... avait quitté la grotte qui lui servait d'asile, et habitait chez un de ses paroissiens, où les fidèles allaient le trouver, quand ils avaient besoin de ses conseils, et où ils assistaient à la messe. Noël obtint la faveur de le servir. Combien Yvon et Marie-Anne étaient heureux et fiers quand ils le voyaient, revêtu du surplis, balancer l'encensoir devant l'autel. Le recteur lui avait appris à lire, reconnaissant en lui une rare intelligence; il demanda à ses parents adoptifs la permission de l'instruire, ils acceptèrent avec joie.

Noël fit sa première communion l'année où les églises se rouvrirent. Il était fort et vigoureux pour son âge. Malheureusement ses bienfaiteurs n'étaient point riches, ils se trouvaient avec quatre enfants; une petite fille était venue augmenter la famille, elle s'appelait Marie; Noël dut accompagner Yvon à la pêche. Chaque matin ils partaient dès l'aurore et ne revenaient que le soir. Mais l'enfant avait le désir de s'instruire, il demanda au bon prêtre la permission de continuer ses études le soir: il y consentit Le village était éloigné, mais Noël avait la jambe leste. A peine se donnait-il le temps de manger la soupe qui attendait les pêcheurs au retour de la pêche ; il coupait un morceau de pain noir, qu'il mangeait le long de la route : le bon prêtre l'attendait, les cahiers et les livres étaient prêts ; la leçon commençait, et si le professeur n'avait pas donné le signal de la retraite, elle se serait prolongée bien avant dans la nuit.

Quand Noël revenait à la chaumière, tout le monde était couché, mais Marie-Anne ne dormait pas : elle attendait son aîné, comme elle disait, la brave femme. Noël l'embrassait en silence, pour ne point réveiller son père, et allait se coucher à côté de ses frères, qui ronflaient à qui mieux mieux.

Noël avait quinze ans quand le bon curé mourut ; cette perte lui fut extrêmement sensible, car il lui était reconnaissant. Il le pleura comme un père,

mais le travail l'appelait; il commanda
à sa douleur, et le jour même de l'enter-
rement du vieux prêtre, auquel tout le
village assista, après la cérémonie Noël
reprit son travail et jeta ses filets. Pendant quelque temps il fut bien triste,
mais à cet âge les impressions s'effacent
vite. Il n'oublia point l'homme vertueux
auquel il devait une solide instruction,
et cependant sa gaieté reprit le dessus,
et ses joyeuses chansons annoncèrent
comme autrefois à sa mère, à ses frères
et sœur, quand la barque qui le ramenait
avec son père approchait du rivage.

On travaillait beaucoup, mais on était
heureux.

IV. — Maladie.

Un matin Marie-Anne se plaignit d'un
violent mal de tête et ne put quitter le
lit. Yvon et Noël la quittèrent à regret,
laissant Marie. sa fille, pour la soigner;

les deux jumeaux allaient au catéchisme
pour se préparer à leur première communion. Yvon aurait désiré rester, mais
Marie-Anne ne voulut pas : elle savait
que le pain du lendemain dépendait de
la journée.

Le soir, quand le père et le fils revin-
rent, elle avait la fièvre très forte. Yvon,
inquiet, passa la nuit près d'elle. Le lendemain, la fièvre redoubla; la barque
resta amarrée ce jour-là. Yvon savait
que la maladie augmente les dépenses,
il songeait avec effroi à ses enfants, qui
n'auraient pas de pain; toute la nuit il
fut dans l'incertitude. Noël était si jeune;
il n'osait l'envoyer seul à la pêche, et il
ne voulait pas quitter sa femme. Pourtant il fallait prendre un parti : une
lueur incertaine et légère annonçait le
retour de l'aurore.

Noël entra dans la chambre, où Marie-
Anne était couchée.

— Père, dit-il, comment va-t-elle?

— Bien mal, repondit le pêcheur.

— Il faudrait faire venir un médecin, dit le jeune garçon.

— Un médecin ne se dérange que pour bien de l'argent, reprit Yvon d'une voix sombre, et je n'en ai plus.

Et avec sa manche il essuya deux larmes qui coulaient sur ses joues.

— Père, dit vivement Noël, aujourd'hui j'irai seul à la pêche; vous ne pouvez quitter ma mère ; j'espère que le bon Dieu me bénira, et que demain, quand j'irai vendre mon poisson, je pourrai ramener un médecin avec moi.

Yvon l'embrassa avec émotion.

— Va donc, mon fils, dit-il, et que le Seigneur te préserve de tout danger.

Noël s'approcha de sa mère, il appuya ses lèvres sur son front brûlant, il murmura à l'oreille de son père ces deux mots :

« Espoir et courage. »

Puis il partit.

Quand il revint le soir, il étala avec bonheur devant son père le poisson qu'il rapportait. La pêche avait été abondante. Mais son bonheur dura peu, quand Yvon lui apprit que sa mère allait de plus en plus mal.

La nuit parut bien longue à tous. Noël ne se coucha pas, il resta avec son père, près du lit de douleur de Marie-Anne; de temps en temps ils lui donnaient à boire, car la fièvre desséchait sa bouche et sa poitrine.

— Père, dit Noël, il n'est point nécessaire que j'attende le jour pour partir; la ville est éloignée, et l'âne va bien doucement; quand j'arriverai il fera jour depuis longtemps. Je vais partir tout de suite.

Yvon y consentit, et le soir même Marie-Anne prenait les remèdes ordonnés par un habile docteur. Presque immédiatement elle éprouva du soulagement, la fièvre diminua peu à peu, et

huit jours plus tard elle entrait en con-
valescence. Mais, chez les pauvres, cette
dernière période de la maladie est souvent la plus pénible : elle nécessite une
nourriture légère, de la viande, du
bouillon, du vin vieux, et tout cela coûte
cher. Ce n'était qu'à force de privations
que Marie-Anne pouvait goûter quelques-
unes de ces douceurs.

Yvon se désolait, mais Noël relevait
son courage; en dévorant son pain sec,
il lui parlait du bonheur qu'ils auraient
quand Marie-Anne serait complètement
guérie; il lui disait que dans quelques
années ses deux frères travailleraient
avec lui. Dans ce temps-là, lui Yvon
n'irait plus à la pêche, il resterait à la
chaumière avec Marie-Anne, tandis que
leur fille apprendrait au village à devenir une habile ouvrière.

Yvon souriait à ses projets, et remer-
ciait le Seigneur de lui avoir envoyé
Noël pour le consoler. Qu'ils étaient

heureux tous les deux quand le soir, en revenant, ils apercevaient un groupe se détacher sur la grève; ils reconnaissaient ou plutôt ils devinaient Marie-Anne appuyée sur ses deux garçons, et Marie qui agitait son mouchoir.

V. — Charlotte.

Un jour que les pêcheurs n'avaient pas quitté la côte parce que toute la matinée la mer avait été grondeuse, Yvon et ses enfants, assis devant la porte de la chaumière, raccommodaient les filets. Marie-Anne, encore faible, essayait de tourner son fuseau; elle s'arrêtait souvent, car ce travail, tout léger qu'il était, était encore trop fort pour elle. La campagne était silencieuse, comme toujours, dans ce pays désert, quand tout-à-coup une voix jeune et rieuse frappa les oreilles de la famille d'Yvon.

— Je crois que nous sommes perdues,

miss Henriette, disait la voix, et nous allons coucher dans les landes.

— Vous, miss, toujours folle, toujours pas raisonnable ; vous pas vouloir croire moi, quand moi dire à vous de prendre Pierre et le voiture, répondit la voix grave d'une Anglaise.

— Ne grondez pas, chère miss Henriette, s'écria joyeusement l'espiègle ; ne voyez-vous pas une chaumière, et toute une famille qui nous regarde avec curiosité ?

En effet, les deux dames étaient arrivées à peu de distance de la chaumière, et étaient l'objet de l'attention de ses habitants, qui regardaient avec étonnement cette charmante jeune fille de quatorze ans environ. Elle était fraîche et jolie, et sa mise, quoique simple, annonçait la richesse : une robe de mousseline blanche serrée à la taille par une large ceinture de taffetas bleu, un chapeau de paille d'Italie orné d'un bouquet

de fleurs des champs, formaient sa toilet-
te; mais à son cou était attaché un collier
de perles fines auquel tenait un médaillon
représentant d'un côté une jeune femme
qui devait être sa mère, si l'on en jugeait
par la ressemblance.

Yvon et sa famille ne virent point
d'abord tous ces détails ; ils remarquè-
rent seulement sa charmante physiono-
mie, et la douce expression qui s'y
lisait.

Près d'elle marchait une grande et
sèche Anglaise, qui semblait être sa gouvernante. En les voyant se diriger de
leur côté, Yvon se leva et alla à leur
rencontre.

— Nous sommes égarées, dit la jeune
fille en riant, notre voiture est restée à
B... Pourriez-vous nous y conduire ?

— Vous en êtes bien éloignées, Mes-
dames, dit Yvon; le village est à plus de
deux lieues d'ici.

La fillette devint rêveu

— Pauvre miss Henriette, dit-elle en
se parlant à elle-même, comment va-t-
elle faire ? elle est si fatiguée déjà.

— Vous, toujours entêtée, toujours pas
vouloir écouter moi, reprit l'Anglaise ;
vous pas avoir une cheval pour nous
conduire ? demanda-t-elle au pêcheur.

— Je n'ai qu'un baudet à votre service,
répondit Yvon.

— Une baudet, moi jamais vouloir
monter dessus, moi avoir failli être tuée
par une sotte animal de cette espèce,
s'écria miss Henriette.

— Celui que l'on nous offre n'est peut-
être pas méchant, dit la jeune fille ; du
reste, son maître le conduirait par la
bride.

— Et vous, miss Charlotte, comment
vous faire la route ? à pied, non ; et puis
jamais moi ne monterai sur une baudet.

— Nous ne pouvons pas coucher ici,
reprit la jeune fille, mes parents seraient trop inquiets, et cette chaumière

paraît déjà bien petite pour ses nombreux habitants. Eh! mais quel bonheur,
s'écria la folle enfant en frappant dans
ses mains; miss Henriette, nous allons
faire un voyage délicieux.

— Moi, rien voir de délicieux dans
cette voyage, grommela l'Anglaise avec
humeur.

Mais la jeune fille ne l'écoutait plus.

— Cette barque est à vous? demanda-
t-elle à Yvon.

— Oui, Mademoiselle, répondit le
pêcheur.

— Vous allez nous conduire en barque
jusqu'à Saint-Nazaire. Cela vous est-il
possible ?

— Certainement, reprit Yvon en souriant de la vivacité de la jeune fille ; mais
la mer est encore houleuse, il nous faut
trois heures pour faire le trajet.

Charlotte tira une charmante petite
montre.

— Il est deux heures, dit-elle, nous serons de retour à six heures, pour le dîner, ma mère ne sera pas inquiète. Quel bonheur! trois heures à passer sur la mer, moi qui aime tant les promenades sur l'eau! Vous consentez, alors? continua-t-elle en s'adressant toujours à Yvon.

— Si la dame qui vous accompagne le veut, nous irons préparer la barque pour partir.

Miss Henriette n'avait rien entendu. Montée sur une pierre, elle jetait un regard désolé sur la lande sauvage et déserte. Son élève lui expliqua ce dont il s'agissait; elle jeta les hauts cris.

— Impossible! impossible! Que diraient monsieur le comte et madame la comtesse?

— Il y a trois moyens de transport, miss Henriette, choisissez donc celui qui vous conviendra, reprit la jeune fille; j'accepterai celui qui aura votre préférence.

— Trois moyens! répéta l'Anglaise; lesquels, miss Charlotte?

— L'âne.

— Non, pas l'âne.

— Se rendre au village à pied.

— Moi plus pouvoir marcher, vous courir toujours, et vous jamais fatiguée.

— Alors, chère amie, il faut accepter le dernier moyen : c'est la barque; elle est à deux pas, vous n'aurez pas loin pour vous embarquer. Vous le voulez bien, n'est-ce pas ?

Miss Henriette ne répondit pas, elle poussa un profond soupir qui équivalait à un consentement.

— Moi, avoir grande faim, murmura-t-elle.

— Avez-vous quelque chose à nous donner à manger? demanda la jeune fille en souriant, car ma pauvre institutice a le jeûne en horreur.

A la chaumière, il n'y avait que du lait, du beurre et quelques fruits. Pendant que Noël et son père préparaient la barque, Marie avait invité les étrangères à entrer; elle leur servit ce qu'elle avait. Charlotte trouva le lait délicieux, le beurre lui parut exquis, et jamais les fruits que l'on servait sur la table de son père ne lui avaient semblé aussi bons que ceux qu'on lui offrait.

Miss Henriette ne partageait pas son enthousiasme et aurait préféré une tranche de biftek ou une aile de poulet, mais elle n'avait pas le choix; elle avait commencé par dire qu'elle ne goûterait pas au pain bis, mais la faim la fit revenir sur cette décision, le lait seul ne suffisant pas pour l'apaiser.

Yvon vint les avertir que la barque était prête, et qu'il était temps de partir.

Marie-Anne ne voulait point faire payer le léger repas qu'elles avaient pris. Charlotte ouvrit sa bourse abondamment garnie d'or, elle prit une pièce qu'elle offrit à Marie ; celle-ci la repoussa en rougissant.

— Laissez-nous le bonheur de vous avoir reçues, dit Marie-Anne, et ne nous désobligez pas en voulant nous payer le peu que nous vous avons offert.

— Vous avez raison, je viendrai vous remercier avec mon père et ma mère, et j'apporterai un souvenir à Marie, que vous lui permettrez d'accepter.

Pendant qu'Yvon et Noël montaient dans leur barque pour accompagner les deux étrangères, les deux jumeaux coururent jusqu'au village avertir le cocher qu'il n'eût pas à attendre ses maîtresses, qui seraient rendues à Saint-Nazaire presque en même temps que lui.

VI. — L'imprudence.

La mer, quoique encore un peu agitée, était belle, le ciel était pur, et le vent gonflait légèrement la voile de l'embar-

cation. Charlotte était ravie. A chaque
vague un peu plus forte que les autres,
qui lui jetait de l'eau au visage, elle riait
aux éclats. Yvon et son fils souriaient de
son bonheur. Pauvre miss Henriette,
elle ne riait pas, elle avait assez à faire
de serrer sa robe et son châle autour de
sa maigre personne; elle murmurait
toujours.

— Sotte voyage... moi croire que nous
arriver jamais... moi être mouillée.

Charlotte n'osait rire de ses lamenta-
tions, car elle l'aimait véritablement :
elle lui était si dévouée.

Le trajet se fit en trois heures, comme
Yvon l'avait dit, et la montre de la jeune
fille marquait six heures quand elle dis-
tingua au loin les maisons de Saint-Nazaire. Ce n'était point alors une ville
importante comme aujourd'hui ; c'était
plutôt un bourg qu'une cité. Le comte
et la comtesse de Lemoine y avaient
acheté naguère une jolie propriété, et

ils étaient venus y passer la belle saison, avec leur fille et leurs nombreux domestiques. Ils étaient arrivés depuis un mois seulement. Charlotte ne connaissait pas le pays et avait demandé à sa mère toujours souffrante la permission de faire une excursion en voiture avec sa gouvernante. La comtesse avait consenti. La jeune fille aimait le grand air et la liberté, elle décida sa compagne à continuer leur promenade à pied ; elles s'égarèrent, et sans la rencontre qu'elles firent de la famille du pêcheur, elles auraient pu errer encore longtemps dans les landes, sans reconnaître leur chemin ou sans trouver un guide pour les reconduire au village où leur voiture était restée.

Charlotte avait trouvé bien vite insipide de rester assise, elle s'était levée, et aimait à se sentir balancée par le mouvement de la barque. Plusieurs fois Yvon l'avertit qu'elle commettait une imprudence, et l'invita à s'asseoir, mais cinq minutes après elle oubliait la sage recommandation et recommençait ses gracieux balancements. Elle était debout quand elle aperçut et reconnut de loin la maison de son père; elle jeta à l'écho un cri joyeux, s'imaginant que la voix de sa mère allait répondre à la sienne. Elle fit un brusque mouvement, elle perdit l'équilibre et disparut dans l'abîme. Yvon et la gouvernante poussèrent un cri d'effroi, Noël ne dit rien. Il s'élança dans l'endroit où Charlotte venait de disparaître, il plongea à deux fois différentes, et reparut bientôt à dix mètres environ de la barque, nageant vigoureusement et soutenant dans ses bras la jeune imprudente évanouie. Yvon la prit et la coucha dans la barque, tandis que Noël sautait légèrement à côté de celle qu'il venait de sauver.

— Je suis content de toi, lui dit son père en lui serrant la main.

Miss Henriette, muette et immobile, regardait avec stupeur l'enfant qu'on lui avait confiée, elle était incapable de lui porter secours, elle la croyait morte. Yvon et son fils employèrent les moyens usités en pareils cas, et Charlotte ne tarda pas à revenir à elle.

— Quel est celui de vous deux qui m'a sauvée ? dit-elle en ouvrant les yeux.

— C'est mon fils, répondit le pêcheur.

— Oh ! merci, généreux jeune homme, s'écria la jeune fille en serrant la main de Noël; merci pour ma mère, qui n'aurait pu survivre à ce nouveau chagrin; merci pour mon pauvre père, qui serait resté seul sur la terre.

Charlotte avait froid, ses vêtements étaient mouillés. Yvon l'enveloppa dans la vareuse de son fils; une fois la frayeur passée, son heureux naturel reprit le dessus, et quand la barque aborda, elle riait de tout son cœur de son grotesque accoutrement, en voyant de loin son père et sa mère. Ceux-ci, prévenus par le cocher, l'attendaient sur le rivage. Elle leur montrait ses petites mains qui sortaient des larges manches du vêtement du pêcheur.

Le comte et son épouse crurent d'abord à un caprice de leur enfant; mais quand ils virent ses vêtements mouillés, ils comprirent qu'un accident lui était arrivé. La comtesse faillit s'évanouir quand elle sut le danger que sa fille avait couru. Elle n'eut pas le courage de blâmer son imprudence.

— Demandez-moi la moitié de ma fortune, dit le comte au pêcheur, ce n'est pas encore assez pour payer le père du sauveur de notre enfant. Et vous, généreux enfant, qui avez exposé votre vie pour sauver la sienne, je ne veux plus que vous me quittiez, je vous ferai instruire et je vous fournirai les moyens

d'embrasser la carrière que vous choi-
sirez.

— Mon fils, comme moi, Monsieur, ne
veut point de récompense pour avoir
fait son devoir, répondit Yvon.

— Venez jusqu'à la maison, les vêtements de votre fils sont mouillés, il faut
qu'il en change, dit le comte en passant
son bras sous celui de Noël et en l'embrassant affectueusement.

Tandis que la comtesse emmenait
Charlotte dans sa chambre pour lui faire
quitter ses vêtements, le comte fit entrer
les deux pêcheurs dans un très joli salon, meublé avec une élégante simpli-
cité. Ce qui frappait les yeux en entrant,
c'était le portrait d'une jeune femme
fraîche et souriante dont Charlotte était
la copie vivante ; sur ses genoux elle
tenait un enfant de quinze à dix-huit
mois, qui jouait avec un hochet que lui
présentait sa mère.

Yvon s'arrêta devant le tableau, et

resta plongé dans une muette contem-
plation. Le comte s'approcha doucement
de lui pendant qu'un domestique ame-
nait Noël pour lui faire changer de vêtements.

— J'avais un fils, aussi moi, dit le
comte, mais je l'ai perdu.

— Il est donc mort, monsieur le comte?
demanda Yvon.

— Je pense que oui.

Puis voyant qu'Yvon le regardait avec
surprise, il lui dit :

— Dans les premières années de notre
mariage, ma femme et moi nous habi-
tions Paris, mais la révolution arriva.
J'avais une vieille tante qui demeurait
à Nantes; elle nous écrivit de quitter
Paris et de venir près d'elle, nous ac-
ceptâmes. Mais là nous n'étions pas plus
en sûreté qu'à Paris. Un jour, on vint
nous avertir que nous serions arrêtés
dans la nuit; nous attendîmes que le
soir eût répandu ses ombres sur la terre

pour fuir, avec notre enfant; nous espérions gagner le bord de la mer, et là demander l'hospitalité dans une chaumière jusqu'à ce que nous pussions passer en Angleterre. Mais on eut éveil de notre fuite, et à deux lieues de Nantes nous fûmes rejoints par les soldats qui nous poursuivaient. Ma femme, folle de terreur, ne songeait qu'à sauver son enfant; il dormait, elle le cacha dans l'herbe à l'abri d'un bloc de rocher, espérant, si nous échappions aux poursuites, revenir le prendre; nous fîmes un détour, nous dépistâmes nos ennemis. Le ciel nous favorisait, le temps s'était couvert, nous nous couchâmes dans la bruyère; ils passèrent à peu de distance de nous sans nous voir. Quand nous les eûmes entendus s'éloigner, nous attendîmes encore quelque temps, pour revenir où nous avions laissé notre enfant, nous nous égarâmes. Peut-être passâmes-nous bien des fois près de lui sans le voir. Le reste de la nuit fut employé à le chercher ; nous trouvâmes sa petite coiffure le lendemain matin, sur le bord de la mer; le pauvre enfant, en s'éveillant, aura eu peur en se voyant seul, il aura quitté l'endroit où nous l'avions déposé, et sans nul doute il sera tombé dans la mer, où il a péri.

Et en faisant ce triste récit, le comte pleurait. Yvon était ému.

— Avez-vous eu la certitude, dit-il, que votre fils ait péri?

— Jamais ; qui donc aurait pu nous la donner? répondit l'infortuné père. Il est mort, et nous n'avons pas la consolation de pleurer sur sa tombe.

Le pêcheur garda le silence.

Noël, habillé dans des vêtements du comte, parut à la porte du salon. Yvon voulut partir de suite, malgré les efforts que fit le comte pour le retenir, du moins jusqu'à ce que sa femme et sa fille fussent descendues, mais le pêcheur refusa. On voulut les retenir à dîner, il ne voulut accepter qu'un verre de vin, car il pensait que Noël en avait besoin.

— Je reviendrai peut-être demain, dit-il; au revoir, monsieur le comte, à demain.

— Que voulez-vous dire ? demanda celui-ci, étonné des dernières paroles d'Yvon.

— Rien, aujourd'hui ; mais demain je m'expliquerai plus clairement.

Le comte n'insista pas, il pressa la main calleuse du pêcheur, et serra avec reconnaissance le sauveur de sa fille sur son cœur.

VII. — Mystère dévoilé.

Le retour du père et du fils s'effectua sans accident, mais silencieusement. Yvon paraissait préoccupé, plusieurs fois Noël lui parla sans obtenir de ré-

ponse. Quand ils rentrèrent à la chaumière, la famille les attendait pour sou-
per. Les enfants, en voyant Noël en pale-
tot et en pantalon noir, se mirent à rire,
et le jeune homme partagea leur hila-
rité, pendant que le père expliquait à
Marie-Anne la cause de ce travestisse-
ment. La bonne mère embrassa Noël
avec orgueil, elle était fière de lui. On
se mit à table; les enfants, mis de bonne
humeur, cherchaient à imiter les ma-
nières et le langage de miss Henriette;
mais l'air sombre de leur père fit taire
leur gaieté.

Après la prière du soir, les quatre enfants vinrent embrasser leurs parents,
et allaient se retirer, quand Yvon fit signe
à Noël de rester. Les garçons avaient
abandonné la seconde chambre à leur
sœur, et couchaient tous les trois dans
un petit grenier où il faisait grand froid
l'hiver, et grand chaud l'été ; cependant
ils y dormaient et s'y trouvaient parfai-
tement logés.

Quand les deux jumeaux et Marie furent retirés, Yvon raconta à sa femme l'impression que lui avait produite la vue du portrait du petit comte de Lemoine, puis le récit que le comte lui avait fait. Noël écoutait sans comprendre, et se demandait ce que cette histoire avait de rapport avec lui; alors Yvon lui apprit qu'il n'était point son fils, et comment il l'était devenu.

Le jeune homme refusa de le croire.

— Je ne dis point, mon cher, dit le pêcheur, que tu sois l'enfant que le comte a perdu; mais pourtant cela peut être, et malgré le chagrin que nous aurons de te quitter, nous ne voulons point nous reprocher de n'avoir point fait notre devoir, en cherchant à retrouver ta famille.

Noël couvrait de baisers et le pêcheur et sa femme, qui pleuraient à l'idée de se séparer de lui. Il mêlait ses larmes aux leurs.

— Pourquoi ne m'avez-vous pas laissé mon ignorance et mon bonheur? disait-il. Non, je le sens, jamais je n'aimerai personne autant que vous.

— Tôt ou tard, répondit Yvon, tu devais le savoir; ne te désole pas; si tu n'es pas le fils du comte, tu seras toujours le nôtre.

Noël ne pouvait se résoudre à aller se coucher, il ne se lassait point d'embrasser et d'interroger son père et sa mère adoptifs. Yvon lui dit que le lendemain il retournerait seul à Saint-Nazaire, et que s'il avait des preuves certaines que le comte fût son père, il viendrait le chercher.

VIII. — Le comte de Lemoine.

Le comte avait seulement prévenu la comtesse qu'Yvon reviendrait le lendemain avec Noël, car il croyait que le pêcheur amènerait Noël avec lui, et la comtesse et Charlotte étaient aussi impatientes que lui de les voir arriver.

Le comte descendit sur le bord de la mer pour épier leur arrivée, mais Yvon avait pris le chemin de terre; il entra dans le salon, où se trouvaient la comtesse et sa fille. Il portait un petit paquet soigneusement enveloppé.

— Où est votre fils ? demanda la comtesse.

— Il est resté près de sa mère, répondit Yvon.

— Mon mari nous avait dit qu'il reviendrait avec vous, et il vous attend sur le rivage.

— Je vais aller le chercher, Madame, dit le pêcheur, car je voudrais lui parler. Mais je vais vous demander la permission de déposer ce paquet sur cette table, continua Yvon, et vous prier de veiller à ce qu'il ne soit pas dérangé, car il renferme des choses bien précieuses pour Noël.

La comtesse le lui promit, et ne s'op-

posa point à ce qu'il allât lui-même
chercher le comte, puisqu'il paraissait
le désirer si vivement.

Quand le comte l'aperçut, il alla au-
devant de lui.

— Je vous attendais avec impatience,
dit-il ; Yvon, vous savez quelque chose
sur le sort de mon fils ? Parlez, répon-
dez-moi vite et apprenez-moi ce qu'il
est devenu.

— Avant de vous répondre, dit Yvon,
je vous prierai, si vous vous le rappelez,
de me dire quel jour vous avez perdu
votre fils.

— Si je me le rappelle ! reprit vivement le comte; ces dates-là ne s'oublient
pas : c'est le 24 décembre, la veille de
Noël.

— Noël, Noël, répéta le pêcheur.

— Noël, c'est lui, c'est mon fils! s'écria
le comte.

— Peut-être, répondit Yvon en pâlis-
sant ; nous l'avons trouvé ce jour-là.

—Ce n'est donc pas votre fils? demanda le comte de Lemoine.

— Non, dit lentement le pêcheur; nous l'aimons comme tel, mais il ne l'est point.

— Alors c'est le mien. Où est-il, que je le voie, que je l'embrasse?

— Hier soir seulement je lui ai appris qu'il n'était point notre enfant. Hélas! monsieur le comte, il a pleuré avec nous, et je voulais être certain que c'était bien votre fils avant de vous l'amener. Vous l'amener, continua Yvon avec douleur; oh non! je ne le pourrai jamais.

Le comte, ému de son chagrin, l'entraîna vers la maison où sa femme et sa fille étaient restées. Mais en approchant, il vit la comtesse qui accourait et qui tenait dans ses mains la petite robe de velours et les souliers garnis de boucles de brillants que le fils adoptif du pêcheur portait le jour où il était entré pour la première fois à la chaumière, apporté par Marie-Anne. Charlotte avait indiscrètement écarté le papier enveloppant le paquet laissé par Yvon.

— De grâce, où avez-vous pris ces vêtements, que portait notre fils le jour où nous l'avons perdu? s'écria la comtesse.

— Madame, répondit le pêcheur en pleurant, je perds mon fils, et vous retrouvez le vôtre.

Le comte donna l'ordre d'atteler sa voiture, et deux heures après Noël était dans les bras de ses parents. Charlotte s'avança gentiment, et l'embrassant avec tendresse, elle lui dit :

— Cher et bien-aimé frère, combien je bénis aujourd'hui mon étourderie, qui te rend à notre amour ; mais je te promets qu'à l'avenir je suivrai tes avis, et que je ne t'exposerai pas à périr avec moi. J'espère que miss Henriette me pardonnera de l'avoir fait égarer dans les landes où j'espère revenir bien souvent avec mon frère.

Noël rendit les baisers que lui donnait la charmante enfant, mais il n'oublia pas la famille du pêcheur, qui était désolée. Il embrassa avec amour cette vieille femme courbée par l'âge et la souffrance, et ce vieillard qui lui avait servi de père, et qui avait tant travaillé pour lui.

— Ne pleure pas, mère, disait-il; console-toi, mon bon père, je vous aimerai toujours et je ne vous oublierai jamais; je viendrai souvent vous voir, je serai toujours votre fils.

Il ne put les quitter sans verser bien des larmes; mais ses heureux parents l'emmenèrent le soir même avec eux.

Le fils du comte de Lemoine s'appelait Charles, mais le nom de Noël leur semblait si doux, il leur disait que c'était le jour ou plutôt la nuit de Noël que leur enfant et eux avaient été miracu-

leusement sauvés : ils conservèrent donc
ce nom à leur fils.

Presque chaque jour il se rendait à la
chaumière, et aimait à s'asseoir encore
à la table frugale du pêcheur. Charlotte
l'accompagnait souvent ; alors le comte,
ou la comtesse, ou miss Henriette venait avec eux.

IX. — Reconnaissance.

Un dimanche, dans l'après-midi, Noël
arriva seul à la chaumière ; comme toujours, sa venue fut accueillie avec joie.

— Je viens vous chercher, dit-il, j'ai
amené une voiture, qui vous contiendra
tous.

Yvon et sa femme voulaient refuser,
mais Noël menaça de ne plus jamais revenir les voir ; cette menace les décida,
et une heure après, la famille du pêcheur, commodément installée dans la

voiture du comte de Lemoine, prenait la route de Saint-Nazaire.

Mais, à la surprise générale, on passa devant l'habitation du comte sans s'y arrêter. Yvon le fit observer à Noël, qui se contenta de sourire, mais ne lui répondit pas.

A une demi-lieue environ de là, la voiture déposa les voyageurs devant une maison simple et commode, dont les fenêtres donnaient sur la mer; des filets étaient suspendus à la muraille. Sur le seuil, le comte et la comtesse étaient debout; Charlotte, à la fenêtre d'un appartement, souriait malicieusement en faisant des signes à Marie, qui ne les comprenait pas.

Noël prit la main d'Yvon et celle de Marie-Anne, et d'une voix émue il leur dit :

— Pendant quatorze ans, vous avez permis à un pauvre enfant, que vous avez recueilli par charité, de partager votre pauvre logement et de s'asseoir avec vos enfants à votre foyer. Le bon Dieu a permis qu'il retrouvât ses parents, et avec leur permission il vous offre aujourd'hui une demeure près de celle qu'il habite ; vous ne la refuserez pas; vous l'habiterez avec vos enfants, et vous y coulerez d'heureux jours.

Sans leur donner le temps de répondre, Noël les conduisit sur le bord de la mer, où une coquette embarcation se balançait doucement.

— Ta barque est bien vieille, père, dit-il à Yvon, en voici une autre pour la remplacer.

La surprise, l'admiration et la reconnaissance empêchaient les pêcheurs de répondre; des larmes abondantes coulaient de leurs yeux, et en disaient bien plus que des paroles. Ils embrassaient Noël, qu'ils appelaient encore leur cher enfant; ils pressaient les mains du comte et de la comtesse. Charlotte mit fin à cette scène en disant d'une voix qu'elle s'efforçait de rendre sérieuse :

— Madame est servie.

Un superbe dîner était servi dans la chambre principale de l'habitation. Chacun y prit part ; le comte, la comtesse et leurs enfants, et la famille entière du pêcheur, s'assirent à ce festin de la reconnaissance.

CONCLUSION.

Noël resta près de ses parents, qui firent venir, pour achever son éducation, un instituteur. A vingt ans il s'embarqua : la mer avait toutes ~s sympathies. Son père et sa mère ne voulurent point s'opposer à sa vocation ; avant de mourir, ils eurent le bonheur de le voir capitaine de vaisseau dans la marine royale.

Charlotte épousa un noble Breton et ne s'éloigna point de sa famille.

Pierre devint pilote lamaneur, Paul suivit Noël dans ses lointains voyages. Marie, à la mort de ses parents, alla habiter près de Charlotte, dont elle soigna les enfants avec tendresse et dévouement.

FIN.

TABLE.

—

FIN DE LA TABLE.

Limoges. — Imp. Eugène ARDANT et Cⁱᵉ.